CATALOGUE

D'UN

JOLI MOBILIER

MODERNE

Très-bel Ameublement de Chambre à coucher en bois rose garni de bronzes ciselés, des ateliers de MARCHAND ; Meubles de Salle à manger, de Salons et de Chambres à coucher en bois de chêne, palissandre et acajou sculptés, couverts en satin de soie broché et velours ; Pendules et Bronzes de DENIÈRE et de BARBEDIENNE ; Rideaux en satin de soie broché, velours, reps et mousseline ; Coucher de maitres ; Tapis en moquette ; Glaces ; Tableaux anciens ;

VASES, COUPES ET GOBELETS ANCIENS EN CRISTAL DE BOHÊME

Porcelaines et Cristaux de Table ; — Ustensiles de Cuisine, etc. ;

DONT LA VENTE AURA LIEU

PAR SUITE DE DÉPART

EN UN HOTEL

RUE BAYARD, N° 7

QUARTIER FRANÇOIS Ier (CHAMPS-ÉLYSÉES)

Le Samedi 14 Avril 1866

A UNE HEURE PRÉCISE, LA VACATION ÉTANT TRÈS-CHARGÉE

Par le ministère de Me ESCRIBE, Commissaire-Priseur,
rue Saint-Honoré, 217,

Chez lequel se distribue le présent Catalogue.

EXPOSITION PUBLIQUE

Le VENDREDI 13 Avril 1866, de une heure à cinq heures.

PARIS — 1866

RENOU ET MAULDE

IMPRIMEURS DE LA COMPAGNIE DES COMMISSAIRES-PRISEURS

Rue de Rivoli, 144.

CATALOGUE

D'UN

JOLI MOBILIER

MODERNE

Très-bel Ameublement de Chambre à coucher en bois rose garni de bronzes ciselés, des ateliers de MARCHAND; Meubles de Salle à manger, de Salons et de Chambres à coucher en bois de chêne, palissandre et acajou sculptés, couverts en satin de soie broché et velours; Pendules et Bronzes de DENIÈRE et de BARBEDIENNE; Rideaux en satin de soie broché, velours, reps et mousseline; Coucher de maîtres; Tapis en moquette; Glaces; Tableaux anciens;

VASES, COUPES ET GOBELETS ANCIENS EN CRISTAL DE BOHÊME

Porcelaines et Cristaux de Table; — Ustensiles de Cuisine, etc.;

DONT LA VENTE AURA LIEU

PAR SUITE DE DÉPART

EN UN HOTEL

RUE BAYARD, N° 7

QUARTIER FRANÇOIS Ier (CHAMPS-ÉLYSÉES)

Le Samedi 14 Avril 1866

A UNE HEURE PRÉCISE, LA VACATION ÉTANT TRÈS-CHARGÉE

Par le ministère de Me ESCRIBE, Commissaire-Priseur,
rue Saint-Honoré, 217,

Chez lequel se distribue le présent Catalogue.

EXPOSITION PUBLIQUE

Le VENDREDI 13 Avril 1866, de une heure à cinq heures.

PARIS — 1866

CONDITIONS DE LA VENTE

Elle sera faite au comptant.

Les Acquéreurs paieront CINQ pour CENT en sus du prix d'adjudication.

DÉSIGNATION

Antichambre.

Banquette en chêne sculpté, couverte en velours vert.
Deux Escabeaux en chêne sculpté.
Rideaux de croisée en damas laine et mousseline.
Tapis jaspé.

Salle à Manger.

Une Suspension à neuf lumières et sa lampe en bronze.
Une Table à manger sur un seul pied, en chêne sculpté, avec allonges.
Une Armoire buffet en chêne sculpté, à portes vitrées.
Huit Chaises en bois de chêne sculpté, couvertes en velours rouge.
Quatre Rideaux de croisées en velours rouge, bâtons et patères en bois de chêne sculpté.
Un Tapis en moquette bouclée, à dessin de fleurs.
Porcelaine et Cristaux de table et d'ornement, services complets.

Escalier.

Une Glace carrée dans son cadre doré.
Deux Rideaux de portières en reps à bandes.
Quatre Rideaux de croisées en damas laine et soie.
Tapis de chemin jaspé.

Premier Salon.

Une Garniture de cheminée en bronze et marbre blanc, composée de une Pendule à vase et figures d'enfants, et de deux candélabres à figures d'enfants supportant un bouquet à cinq lumières.

Deux très-beaux vases en bronze doré, à bas-reliefs et figures d'enfants, d'après Clodion, en bronze argenté, de la fabrique de Barbedienne.

Une Coupe à couvercle en bronze doré et bronze argenté.

Deux Vases en porcelaine de Chine, décor à mandarins, monture rocaille, bronze doré.

Deux grands et beaux Vases à bouquets en cristal de Bohême rehaussé d'or.

Deux meubles à hauteur d'appui, en marqueterie de cuivre et écaille, à un vantail chacun et à dessus de marbre noir.

Un Meuble de salon de style Louis XVI, en bois finement sculpté, garni et non couvert, composé de un canapé et de six fauteuils.

Un Bureau bonheur-du-jour en bois rose, garni de bronze et orné de plaque en porcelaine décorée.

Un Pouf couvert en tapisserie à la main.

Une Glace ovale à biseaux, cadre à rinceaux en bois sculpté et doré.

Une Garniture de portière et deux Garnitures de fenêtres en velours bleu.

Un dessus de cheminée avec rideaux en velours bleu.

Tapis en moquette bouclée, Tapis de foyer.

Un Pastel, portrait de jeune Femme, cadre doré.

Un Tableau de l'École française, cadre en bois sculpté et doré.

Cinquante volumes de littérature française.

Deuxième Salon.

Deux Feux rocaille à figures en bronze.

Belle Pincette, Balai, Soufflet.

Une Pendule de Barbedienne en marbre blanc, à bas-relief et figure Cléopâtre en bronze.

Deux Candélabres à trépied en bronze doré à trois lumières.

Un petit Lustre en bronze doré, à six lumières.

Une petite Table-guéridon en bois rose et marqueterie de bois garnie de bronze.

Une Chaise longue et deux fauteuils confortables couverts en satin bleu broché.

Deux Garnitures de croisées et une Garniture de portière en satin de soie bleue brochée.

Deux Fauteuils et quatre Tabourets couverts en velours bleu.

Tablette de cheminée avec pentes en velours bleu.

Coussins brodés en tapisserie à la main.

Un Tapis en moquette bouclée, Tapis de foyer.

Trois Tableaux anciens de l'école italienne.

1ʳᵉ Chambre à Coucher.

Galerie rocaille à figures d'enfants en bronze.

Une garniture de cheminée composée d'une pendule, deux candélabres et deux flambeaux en porcelaine décorée et bronze.

Un très-bel Ameublement de chambre à coucher en bois rose à colonnes cannelées, avec ornements en bronze doré, composé de une couchette avec sommier élastique ; une Armoire à glace et une table à ouvrage (des ateliers de Marchand).

Coucher complet.

Ciel-de-lit et Galerie de fenêtre en bois rose, avec lambrequin en satin broché.

Un Coussin en tapisserie à la main.

Un Tapis en moquette bouclée, Tapis de foyer,

Rideaux de deux fenêtres en reps rouge.

Coffrets en bois de tuya, Vases en verre de Bohême, et objets de fantaisie.

2ᵉ Chambre à Coucher.

Galerie à vases, style Louis XVI, en bronze.

Une Garniture de cheminée style Louis XVI, en bronze doré de Denière, composée d'une pendule à figure : Joueuse d'osselets, de deux candélabres à trois lumières.

Une Couchette en acajou avec sommier élastique.

Coucher complet.

Une Armoire à glace en acajou.

Une Table de nuit en acajou à dessus de marbre blanc.

Une Armoire à linge en acajou.

Une Toilette-commode anglaise en acajou, à dessus de marbre blanc et sa garniture en porcelaine.

Rideaux de deux croisées en reps rouge.

Tapis en moquette bouclée à dessins de fleurs.

Cabinet de Toilette.

Une grande Toilette en chêne, à dessus de marbre blanc, garnie de rideaux en damas.

Garniture de toilette en porcelaine décorée.

Une Chaise longue en palissandre et deux Fauteuils couverts en damas laine et soie.

Rideaux d'une fenêtre en reps rouge.

Un Tapis en moquette bouclée.

Chambre au Rez-de-Chaussée.

Un grand Divan en palissandre formant lit, couvert en velours bleu, avec cinq oreillers en même étoffe.

Cuisine.

Ustensiles de cuisine en cuivre.

Meubles de cuisine et d'office.

Meubles garnissant trois chambres de domestiques.

Une Pompe montée sur roue.

Ramer. et Maulde, imprimeurs de la Compagnie des Commissaires-Priseurs, rue de Rivoli, 144.   51415

RED. :

19

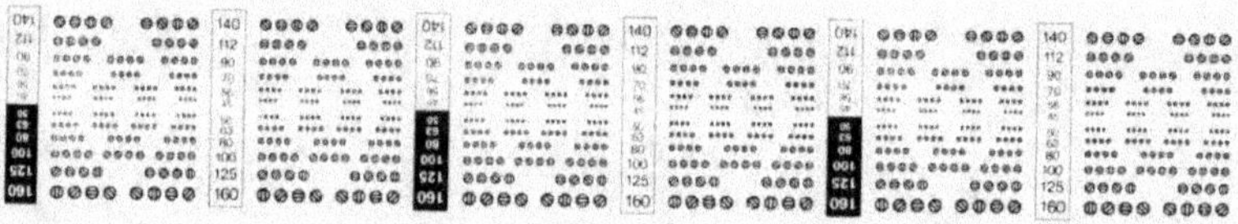

MIRE ISO N° 1
NF Z 43-007
AFNOR
Cedex 7 - 92080 PARIS-LA-DEFENSE

graphicom
379.89.70

0 1 2 3 4 5 6 7 8 9 10